LE FLAMBEAU DE LA GAITÉ

Nouveau choix de Romances, Chants de guerre, &c.

Vendus et chantés par MARGUILLANT Joseph.

VIVE LA PAIX !

CHANT D'ALLÉGRESSE.

Air ; Le Peuple est roi. — Refrain.

Vive la paix, c'est un chant d'allégresse,
Ce beau triomphe est encore un succès,
  Saluons cette belle déesse ;
  Vive la paix, vive la paix.

Si le canon aujourd'hui tonne et gronde,
Non ce n'est pas pour de nouveaux combats,
Il nous annonce enfin la paix du monde
Et le repos de nos vaillants soldats.
Le czar a dit : finissons la bataille,
La sainte paix fera notre bonheur ;
Cela vaut mieux que les boulets et mitraille,
Comptez sur moi, comptez sur mon honneur.
    Vive la paix, etc.

C'est par la paix que renaît le commerce,
Par elle aussi reviennent les travaux ;
Pour tous les cœurs c'est une douce ivresse
Plus de chagrins, de peine ni de maux :
Sainte union vient vivifier notre âme,
Que chacun soit paisible en ses foyers.
Avec transport, oui, l'Europe t'acclame,
Avec bonheur te chantent nos guerriers.
    Vive la paix, etc.

Avec la paix renaît notre espérance ;
Les nations vont se donner la main,
Plus d'ennemis, repoussons la vengeance,
De tout côté chacun redit soudain :
Embrassons-nous, maintenant plus de haine,

Fraternisons, et respectons les lois.
De l'esclavage il faut bannir la chaîne
En soutenant d'un peuple les vrais droits.
Vive la paix, etc.

Quand Dieu nous mit sur cette terre immense
Il nous a dit : soyez toujours unis.
La paix, enfants, c'est une jouissance,
N'êtes-vous pas des frères, des amis,
Ah ! repoussez un combat sanguinaire,
Portez toujours la branche d'olivier.
Chaque patrie est une bonne mère :
Aimez-vous tous, ne faut pas l'oublier.
Vive la paix, etc.

Joli Cœur la Grenade et Madelon la Cantinière ou les Vieux Souvenirs

Air des Fraises.

Ma p'tit'Madelon, aujourd'hui c'est un jour de fête ;
Entends-tu l'canon,
De Notre-Dame le bourdon ;
En France, partout, je te le dis, que l'on s'apprête
A chanter en chœur
L'héritier de notre empereur.
Allons, Madelon, aujourd'hui c'est un jour de fête,
Ce beau rejeton,
Eh bien ! c'est un Napoléon.

Tu te souviens bien, c'était en l'an mil huit cent onze,
Du temps de l'ancien ;
Je te disais : écoute bien.
Comme dans nos camps, entends-tu résonner le bronze
Tu sais bien pour qui.
Je te chantais comme aujourd'hui : (ter).
Ma p'tit, etc.

Madelon met donc ton costume de cantinière,
Donn'moi mon habit,
Car je veux le voir ce petit ;
De le posséder, la France est orgueilleuse et fière,
Avec mes amis
Je chante et puis je te redis : Ma p'tit', etc.

Dans les grands salons et même au sein de la chaumière
Chacun est joyeux ;
L'on célèbre ce jour heureux,
L'on fête l'enfant sans oublier sa bonne mère.
De notre empereur
De plaisir bat le noble cœur.
Ma p'tit', etc.

Je veux m'en donner, je veux célébrer sa naissance ;
S'il gouverne un jour
A lui notre cœur, notre amour.
N'est-il pas l'espoir du peuple et des soldats de France.
Mes amis, buvons
Et puis ensemble répétons :
Ma p'tit, etc...

C'EST EN FORGEANT QU'ON DEVIENT FORGERON.

Je me souviens que mon père,
Quand j'attrapai mes dix ans,
Me dit un jour : A rien faire
Crois-tu rester plus longtemps ?
Il est honteux à ton âge
D'être là, sans travailler.
Voyons, petit Jean, courage ;
A la forge viens m'aider.
Chacun dans un bon ménage,
Doit pouvoir gagner son pain !
Hardi, mon gas r, à l'ouvrage,
Tu t'amuseras demain.
Allons, fais comme moi, frappes fort sur l'enclume,
C'est en forgeant, garçon, — Qu'on devient forgeron.
Le feu s'allume, — Vîte à l'enclume,
Le fer est chaud, tapes dur, mon luron !
Frappes, frappes, — Tapes, tapes,
C'est en forgeant qu'on devient forgeron.

Je devins grand, avec l'âge,
(Mauvaise herbe croît toujours),
On me citait au village,
Pour mes chansons, mes bons tours !
Quand, hélas ! mon pauvre père,

Vers le bon Dieu retournant,
Me dit : « Jean, près de ta mère.
Remplaces-moi, mon enfant ! »
De ce jour-là, je fus homme,
Adieu, danse et cabarets ;
Nuit et jour, fallait voir comme,
Avec cœur, je travaillais !
Car tout bas, je disais : c'est pour ta vieille mère,
Qu'il te faut, mon garçon, devenir forgeron !
Comme ton père, — il te faut faire,
En travaillant, une bonne maison ! Frappes, etc.

Quand j'eus trente ans, je pris femme,
Il faut bien finir par là ;
Mais le bon Dieu, sur mon âme,
Jusqu'au bout me protégea,
Ma femme était belle et sage,
Et n'avait (notez ceci),
De bonheur qu'en son ménage,
D'amour que pour son mari.
Enfin, bientôt, je fus père,
D'un enfant, tout mon portrait,
Et tous les ans, sort prospère,
Ma famille s'augmentait.
Mais à chaque marmot, dès qu'il venait en âge,
Je disais : mon luron, — Tu sera forgeron !
Dans un ménage, — Honnête et sage,
L'état du père est celui du garçon ! Frappes, etc.

Me voici vieux, du village,
Je suis un des gros bonnets ;
Marguillier, demain je gage,
Maire si je le voulais !
Charitable au pauvre monde,
Bon, juste, dans ma maison ;
Aussi, chacun à la ronde,
Aime le vieux forgeron.
L'ambition ni l'envie,
Ne m'ont jamais tourmenté,
Car voilà tout ma vie :
Travail, honneur, charité.
J'ai fait comme mon père, enfants, faites de même ,

Et du vieux forgeron, — Retenez la leçon !
  Le laboureur laboure et sème,
C'est en semant qu'on obtient la moisson,
  Il en est pour tout de même ;
C'est en forgeant qu'on devient forgeron !

LE VIGNERON.

CHANSONNETTE.

Je suis le plus gros vigneron
De la haute et basse Bourgogne ;
Comme un gros fût mon ventre est rond,
Ma femme est la mère Gigogne.
Nous sommes à nos douze enfants,
  Tous gros, joufflus, tous bien portants,
Aussi nous chantons tous à l'unisson :
    Bonum vinum
    Lœtificat cor hominum...
G'est la chanson du vigneron ;
Au glou glou, glou glou du flacon,
C'est la chanson du vigneron.   (ter.)

Je ne sais ni grec ni latin,
A quoi bon nous sert la science ?
Je sais le goût de chaque vin
De l'Allemagne et de la France.
J'aime mieux, robuste et rougeaud,
Dire, en l'honneur du Clos-Vougeot,
    Ce bon vieux refrain,
    Que l'on dit latin :
      Bonum vinum ; etc.

Je n'aime pas votre Paris ;
Un jour, dans cette fourmilière,
J'envoyai l'aîné de mes fils,
Avec cent fûts Beaune première ;
Vos Parisiens m'ont, dans Paris,
Gâté mon vin, perdu mon fils ;
    Mais j'espère, un jour,
    Dire à son retour :
      Bonum vinum, etc.

Vers le patriarche Noé,
Dont la gloire me fait envie,
J'irai certain de sa bonté
Rendre compte à Dieu de ma vie.

Puis des amis buvant mon vin,
Se souvenant de mon refrain,
 Tous en mon honneur,
 Chanteront en chœur :
  Bonum vinum
 Lœtificat cor hominum...
C'est la chanson du vigneron ;
Au glou glou, glou glou du flacon,
C'est la chanson du vigneron. (ter.)

LA JEUNE FILLE A L'ÉVENTAIL.

CHANSON D'ESPAGNE.

Sur le Prado, près de la grille,
J'ai ramassé, charmant trésor,
Un éventail de jeune fille,
En bel ivoire et garni d'or,
La sénora qui le réclame
A les yeux noirs, les dents d'émail ;
Pour l'obliger, je rendrais l'âme ;
Mais j'ai gardé son éventail...
Pour être heureux, garçons et filles,
Gardez longtemps, gardez toujours,
Sous vos manteaux, sous vos mantilles,
Le doux secret de vos amours !

L'autre matin, j'entre à l'église,
En pénétrant sous le portail,
Je reconnus, belle en sa mise,
La jeune fille à l'éventail ;
Je la suivis dans la chapelle,
Je la suivis tremblant d'émoi ;
Je sais comment elle s'appelle ;
Mais j'ai gardé son nom pour moi !...
 Pour être heureux, etc.

Elle est partie.. est-ce dommage !
Elle est déjà sous d'autres cieux ;
Son éventail et son image,
Plus que jamais charment mes yeux.
En nous quittant, loin de la ville,
Ce que m'a dit la sénora,

Moi seul le sais, gens de Séville,
Et nul de vous ne le saura...
Pour être heureux, garçons et filles,
Gardez longtemps, gardez toujours,
Sous vos manteaux, sous vos mantilles,
Le doux secret de vos amours !

C'EST UN NAPOLÉON.

CHANT D'ALLÉGRESSE.

AIR : *Partant pour la Syrie.*

Oui le bonheur rayonne
Dans ce jour fortuné ;
Si le canon résonne,
C'est pour un nouveau-né.
Ce son bruyant annonce
L'héritier du grand nom,
Et l'écho fait reponse :
C'est un Napoléon.　　　　bis.

C'était sous le grand homme,
Je m'en souviens toujours,
Le petit roi de Rome
Chez nous reçut le jour ;
Ce fut un jour suprême.
Toute la nation
Aujourd'hui dit de même :
　　C'est un, etc.

Avec bonté son père
Saura guider ses pas ;
Comme sa bonne mère
L'aimeront nos soldats.
Chaque jour avec ivresse
Redit à l'unisson
Ce doux chant d'allégresse :
　　C'est un, etc.

La France, en bonne mère,
Veillera sur ses jours,
Sous sa noble bannière
L'abritera toujours.
Au champ de la victoire
Ce digne rejeton

Se couvrira de gloire.
 C'est un, etc.

Buvons à sa naissance,
Buvons pour son bonheur ;
Il eut notre espérance,
Pour lui bat notre cœur,
Sur son berceau l'on veille ;
Répétons ce beau nom.
Encore une bouteille,
 C'est un, etc.

HOMMAGE A NAPOLÉON IV.

CHANT NATIONAL.

Air de *la Voix du canon*.

Dors, noble enfant, dans ton berceau, paisible,
La France et là qui veille près de toi.
Du haut des cieux une main invisible
Te guidera, je te le dis, crois-moi ;
En cette main aie toujours confiance,
Car elle a su, protéger ton beau nom ;
Il fait toujours notre seule espérance.
Hommage à toi, fils de Napoléon.

Ta mère, enfant, d'un vœu pur et sincère,
Cultivera tes ans comme une fleur,
Et puis aussi n'as-tu pas ton bon père
Pour te montrer le chemin de l'honneur.
Grandis, enfant, l'aigle cher à la France
T'abritera ; c'est un noble guidon.
Nous célébrons aujourd'hui ta naissance.
 Hommage, etc.

N'est-tu pas né sous une étoile heureuse !
Oui, le pays te donne son amour,
Et sa clarté brillante et lumineuse
T'éclairera la nuit comme le jour.
Partout, partout l'on fête ta présence,
Car le seul vœu de notre nation :
Que Dieu protége en ce jour ton enfance.
 Hommage, etc.

Salut à toi, descendant du grand homme,
Salut à toi, les joies de nos guerriers ;

Comme jadis, au petit roi de Rome,
Nous entourons ton berceau de lauriers.
Le peuple, heureux dans sa reconnaissance,
Joyeux, content, redit à l'unisson :
D'un héritier nous a doté la France.
    Hommage, etc.

NOUS AVONS LA PAIX

OU LA JOIE DE FOLLICHON,

Air du *Petit Bleu.*

REFRAIN. Nous avons la paix ,
  Foi d' polichon , j'ai ty d' la chance ,
  Nous avons la paix.
Moi , pour partir qu'étais tout prêt ,
  Je suis bien content ,
Je ne quitterai pas la France ,
  J'vas t'y m'en fourré
Du coco , des chaussons sous l' nez.

    Je n' quitt'rai pas Nini ,
    Ma petite cousine ,
    Moi , qui suis son chéri ,
    Son trésor , son bibi ,
    Je pourrai donc aller
    La voir dans sa cuisine ,
    Boir' son vin d'Roussillon ,
    Avec un bon bouillion.
    Nous avons , etc.

    Le dimanche ou l' lundi ,
    J' lui f'rai voir le spectacle
    Du petit Lazari ;
    Quand ça sera fini ,
    Eh bien , j' la ramen'rai
    Chez elle sans obstacle :
    J' lui donn'rai un bécot
    Qui aura de l'écho.
    Nous avons , etc.

    D'abord c' qui m'tracassait ,
    Je n' connais pas le Russe
    Et plus d'un me disait :
    Folichon , mon cadet ,
    Vois-tu , là-bas , mon gars ,
    Si tu n'as pas d'astuce ,

Au premier coup de feu
Tous n'y verras qu' du bleu
Nous avons , etc.

Si ça revient jamais ,
Je le dis , camarades ,
Eh bien , je partirai ,
En vrai soldat français ,
Défendant bravement
Mon drapeau , ma cocarde ;
Je serai là , l'zamis ,
Pour venger mon pays.
Nous avons , etc.

PLUS DE GUERRE,

CHANT NATIONAL.

Air : *De la voix du canon.*

Des cris joyeux partout se font entendre,
C'est qu'aujourd'hui l'on célèbre un beau jour.
A la raison, enfin, l'on a su rendre
Le vrai tribut que lui doit notre amour.
Non, ce n'est pas un vain mot éphémère,
Nous sommes sûrs que c'est un vrai succès ;
Rallions-nous sous la même bannière,
Avec orgueil, chantons vive la paix !

De toutes parts l'on fête sa présence,
Sur son chemin l'on effeuille des fleurs.
Par son retour reviendra l'abondance,
Car elle vient essuyer bien des pleurs.
Consolez-vous, bon père, bonne mère,
Oui, l'olivier remplace les cyprès.
    Rallions-nous, etc.

La guerre, enfin, c'est un fléau terrible,
Où tombent, hélas ! de généreux soldats ;
La loi du sang est une chose horrible :
Chassons, chassons loin de nous ces combats.
Soyons unis et que chacun soit frère ;
Vivons heureux ensemble désormais.
    Rallions-nous, etc.

A nos soldats rendons un pur hommage,
Prions, amis, pour ceux qui ne sont plus ;
Ils ont montré la valeur, le courage.
Nous respectons leurs hauts faits, leurs vertus.
Les Piémontais, les fils de l'Angleterre,
Russiens, Turcs, disent comme le Français :
Rallions-nous, etc.

LA CANCANIÈRE DU QUARTIER
ou VOILA L'JOURNAL.

Air : *Ça va bon train*, ou *Marie toi donc*.

Hé ! bonjour, chère commère,
Y a du nouveau dans le quartier.
Vous l'savez, j'suis pas cancanière,
Et je ne bois pas mon d'mi-s'tier,
Comme la femme du portier.
C'que j'vas vous dir' c'est véridique :
Si l'on m'méprise, ça m'est égal.
Y a du sérieux, y a du comique.
   Voilà l'journal.   (4 fois.)

Depuis la nouvelle ordonnance
La bouchère est comme un croquet ;
D'colère, ell'met la réjouissance
Dans un sac ou dans un baquet ;
Ell' ne sait plus ce qu'elle fait.
Si vous voyiez l'tripier d'en face :
La taxe des chiens lui fait mal ;
Quand il lit l'affich', quel'grimace !
   Voilà, etc.

Vous connaissez la cuisinière
Qui demeure chez le rentier ;
Ell' qui passait toujours si fière :
L'ans' du panier n'peut plus dansé
Depuis que la viande est taxée.
Il choisit son morceau lui-même ;
Il prend le plus beau d'l'animal.
Quand ell' voit ça, elle devient blême.
   Voilà, etc.

L'marchand d'vin du coin, qui s'dit brave,
Faut avouer qu'il a du toupet :
Son picton n'est qu' du jus d'betterave,
Et son vin blanc, qu'est si clairet.
C'est avec du poiré qui l'fait.
Bien plus fort : v'là la gargotière,
Par goût, le lièvre est mon régal.
Ell' ne vend qu'du lapin d'gouttière.
      Voilà, etc.

Vous voyez là-bas la laitière :
Eh bien ! elle met d'l'eau dans son lait ;
Puis, à côté, la charcutière
Vend du petit porc pour du poulet.
L'épicier, du sucre d'navet,
L'Auvergnate, la charbonnière,
Qui parl' français comme un cheval,
Son charbon c'n'est que de la pierre,
      Voilà, etc.

Enfin, j'vous en dirais bien d'autres ;
Mais là haut mon homme m'attend.
Ce m'sieu fait le bon apôtre,
Me disant qu'il souffre d'un' dent.
Je ne le crois pas, le ch'napent,
Vous êtes heureuse, ma commère,
Le vôtre au moins n'est pas brutal.
Adieu, je me sauve, ma chère.
      Voilà, etc.

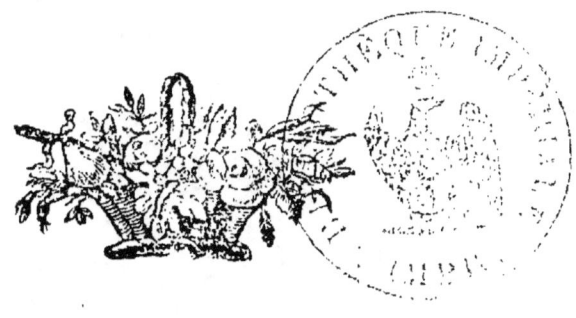

La Rochelle, Imprimerie A. DAUSSE, rue
Grosse-Horloge, n° 6.

www.ingramcontent.com/pod-product-compliance
Lightning Source LLC
Chambersburg PA
CBHW061428170626
46811CB00005B/2178